AF349605

LA VANITÉ

BONNE A QUELQUE CHOSE,

OU LES MOTS

PAS MOINS

EMPLOYÉS UTILEMENT,

ANECDOTE, CONTE, HISTORIETTE, POÈME,

OU

TOUT CE QUE L'ON VOUDRA.

LA VANITÉ

BONNE À QUELQUE CHOSE,

OU LES MOTS

PAS MOINS

EMPLOYÉS UTILEMENT,

ANECDOTE, CONTE, HISTORIETTE, POÈME,

OU

TOUT CE QUE L'ON VOUDRA.

A TOURS;

Et se trouve à PARIS,

CHEZ LES MARCHANDS DE NOUVEAUTÉS.

M. DCC. LXXXII.

ÉPÎTRE

DÉDICATOIRE

A MONSIEUR S***.

*L*E sujet de cette Historiette n'est pas nouveau, & est même connu de presque tout le monde. Mais c'est à vous que je le dois, MONSIEUR ; vous l'ayant entendu raconter, il y a une douzaine d'années: L'idée de le mettre en vers me vint alors, & je commençai ce petit Ouvrage aussi-tôt ; mais je l'abandonnai ensuite, & n'y retouchai plus, jusqu'à l'un de ces jours-ci, qu'en relisant ce que j'en avois fait, le desir de l'achever m'a entraîné jusques à la fin.

Je crois donc devoir, MONSIEUR, vous faire hommage de cette bagatelle, qui ne m'appartient que par la forme & le lieu où j'en ai placé la scène. Vous m'en avez donné le fonds ; permettez que je vous l'offre tel qu'il est aujourd'hui, & daignez l'agréer avec quelque bonté ; ainsi que souvent, en de vastes jardins,

On voit de riches possesseurs
Recueillir, avec complaisance,
Les moindres fruits, les moindres fleurs,
Dont ils ont fourni la semence.

J'ai l'honneur d'être, &c.

Paris, 20 Mai 1782.

LA VANITÉ

BONNE A QUELQUE CHOSE,

OU LES MOTS

PAS MOINS (*)

EMPLOYÉS UTILEMENT,

ANECDOTE, CONTE, HISTORIETTE, POÊME,

OU

TOUT CE QUE L'ON VOUDRA.

Venez à moi, Cenſeurs atrabilaires,
Qui déclamez contre la Vanité,
Gonflés de morgue, accourez tous, mes freres!
Armez ſur-tout votre ſévérité :

(*), Pas, particule négative, & Moins, adverbe de compa-
raiſon, ſont ici liés enſemble : Pas-Moins. C'eſt ainſi que le

A 3

Il se pourroit qu'elle se vit en peine ;
Car je lui veux prouver l'utilité
De ce penchant, qui rend l'ame un peu vaine ;
Non, toutefois, que la fatuité,
Dans ces récits, trouve un panégyrique ;
Bien plus qu'à vous elle m'est en horreur :
De *l'Amour-propre*, avec vous je m'explique ;
Mes bons amis, sur les mots point d'erreur !
Entendons-nous : voici de ma fabrique.....
Mais, alte-là ! je suis déja menteur :
La chose est vraie.... Au diable la rubrique.
Quoi ! dès l'exorde ?.... Oui : j'en suis en fureur !
Qui me croira ? Tout le reste du conte,
De suite ainsi, va donc passer pour faux ?....
Oh ! doucement. D'une sentence prompte
Gardez-vous bien : elle a causé des maux,

---

bas peuple les emploie, pour dire : *cependant*, *pourtant*, *toute-*
fois, *néanmoins*, *du moins*, *au moins*, &c.

Il faut que ces deux mots, *Pas*, *Moins*, n'en fasse qu'un
ici, & qu'ils soient placés après le verbe *J'ai*, dans le vers
363, page 19 :

» Mais j'ai, *pas-moins*, un joli petit ....

plutôt qu'après la négative *je n'en ai*, ainsi que l'on pourroit
les arranger ;

» Mais je n'en ai, pas moins, un joli....

pour qu'ils aient le défaut qui en fait l'originalité, & sur
laquelle porte toute la *Vanité* de la principale héroïne de
cette historiette.

Que l'Examen, ce fils de la Prudence,
Sans doute auroit souvent pu prévenir.
Soit dit. Au fait. *J'ai toussé : je commence* (a).
Soyez patiens : vous me verrez finir.

A l'un des bords de la Loire superbe,
Il est un sol maintenu toujours verd,
Où les troupeaux vont, bondissant sur l'herbe,
Comme au printemps, au plus fort de l'hiver.
Heureux climat, que vante notre histoire !
Vaste jardin, où l'art est étranger,
Et de Pomone & l'amour & la gloire,
Bravant Borée, en tout temps sans danger ;
Il voit de monts une chaîne étendue,
Avant les temps lui former un rempart ;
Et pour jamais, d'une garde assidue,
Le préserver de tout fâcheux hasard.
On trouve-là cette fameuse ville,
Si renommée en *cardons*, en *pruneaux* ;
Qui produisit un *Gréçourt* (b), un *Verville*,
Même un *Destouche* (c) & nombre de *Bonneaux* (d) :

(a) Gresset. *Lutrin vivant.*

(b) Tous deux Chanoines de Tours, & tous deux Auteurs de Poésies très-licencieuses, dans lesquelles on trouve pourtant de fort jolies choses.

(c) Auteur de plusieurs excellentes Comédies, telles que *le Glorieux, le Philosophe marié; le Dissipateur, la fausse Agnès,&c.*

(d) Voyez *la Pucelle d'Orléans*, de Voltaire.

A 4

D'elle nous vient ce beau tiſſu de ſoie,
Où les métaux , les couleurs , les deſſins ,
Tous les talens , que le luxe déploie ,
Diſputent l'art d'éblouir les humains ;
Tours , en un mot. J'ignore en quelle année ,
Sous quel Bailli , quel Maire , ou Préſident ,
Cette Cité fut aſſez fortunée
Pour éprouver un miracle évident ;
Mais , peu m'importe ; & mon Lecteur n'eſt guère
Sur ce point-là , plus que moi curieux :
Même déja , voyant que je differe ,
Peut-être il dit , que je ſuis ennuyeux.
Sans plus tarder , je vais le ſatisfaire.
A la patience il m'a vu l'exhorter ;
Si je l'ennuie. , eh bien , c'eſt ſon affaire :
Il peut bâiller , s'étendre , & me quitter.

    Or donc , à *Tours* , un Marchand Lapidaire ,
(Ou Bijoutier , ſi le trouvez meilleur ,
Souvent nuiſible , & jamais néceſſaire ;
Un Juif enfin , plus frippon qu'un Tailleur) ,
Avoit chez lui , pour les ſoins du ménage ,
Jeune Pucelle , ignorante en tout point ,
Bien toute neuve , & ſortant du village.
Notre Marchand par l'hymen étoit joint
A Dame *Urſule*...... Ami Lecteur , courage !
Riez , riez ! Vous croyez être au fait ,
Et voir déja notre mari , je gage ,
Tromper ſa femme ; & , pour le trancher net ,

Avec la fille outrer le badinage?....
Non, point du tout ; vous êtes dans l'erreur :
Femme & mari, chacun d'eux étoit sage,
Et de s'aimer ils avoient la fureur. —

« Oh! pour cela, c'est un bon radotage !
Va s'écrier ici le cher Lecteur :
» Au diable soit le maudit bavardage,
» Et son absurde & très-gothique Auteur!
» Sans vraisemblance, est-il permis d'écrire ?
» Même en un Conte on hait l'absurdité.
» Pauvre rimeur ! si tu n'as à nous dire
» Que de tels faits, adieu ta *Vanité* »! —
Ma Vanité ? Je n'en éprouve aucune :
Vous vous plaignez sans m'avoir entendu. —
« Fort bien! L'audace est assez peu commune!
» A notre foi n'as-tu pas prétendu » ? —
Je m'en flattois.... Le fonds de cette histoire. —
« Le fonds, la forme, eh! morbleu, tout est faux,
» Et des enfans ne la voudroient pas croire ». —
J'en suis fâché pour mes pauvres héros! —
« Oui, ces époux !.... c'est un assez beau rêve,
» Ils s'aimoient donc? Ce trait d'original
» Fut copié sur *Adam* & sur *Éve*;
» Car, depuis eux, de l'amour conjugal,
» Vit-on, jamais, vit-on quelques modèles?
» Aujourd'hui même en est-il parmi nous?... » —
Mais sans s'aimer on est encor fidèles.... —
« Est-ce répondre ? » — On est encor jaloux. —

« Pefte du fou ! L'objet de la difpute,
» C'eft de l'amour.... Prouve que deux époux
» S'aiment l'un l'autre ; alors , je m'exécute » ! —
J'allois le faire ; & peut-être , eft-ce vous
Que j'euffe pris pour appuyer ma preuve ;
Mais je vois trop que, malgré tout mon foin ,
Fuffiez-vous femme , ou mari , veuf , ou veuve ,
Je n'aurois pu vous convaincre en ce point,
Tant chacun eft efclave de la mode !
Bien que plufieurs déteftent fon pouvoir ;
De s'y foumettre , ils trouvent plus commode
Que de heurter de plein front fon vouloir !
Tel que l'on voit platement ridicule ,
Doit tout fon luftre à l'affectation.....
Mais', je reviens à notre Dame *Urfule*,
A fon mari : de ma narration ,
Déja trop loin je m'écartois , fans doute ;
Dans mes vers donc plus de moralité :
Je cherche à plaire ; & la plus fûre route ,
C'eft de paffer bien vîte à la gaîté.

Maître *Belleau* , (c'eft le nom de notre homme,
De ce Marchand , la perle des maris,)
Broutoit encore un refte de la pomme,
Dont notre Pere eût engoué jadis ,
Sans le fecours de fa prudente femme,
Qui fût tirer ce bouillonnant venin,
Limpide feu , mais qui dévore l'ame,
Et qu'en ce fruit enferma le malin.

Ursule, auffi n'étoit pas négligente ;
Elle extirpoit, avec un foin égal,
L'actif poifon de la pomme méchante,
Et craignoit fort cet engouement fatal.
Tant elle aimoit celui que l'hyménée
Sut, pour la vie, attacher à fon fort !
A telle ardeur il l'avoit amenée,
Que, pour l'éteindre, il n'étoit que la mort !
De cet amour, un jeune & tendre gage,
Sans doute encor refferroit les liens ;
C'étoit un fils, mais qu'un apprentiffage
Retint long-temps chez les Parifiens. ——
« Quel Conte bleu ! L'Amour & la conftance
» Ont bien affaire où s'eft fourré l'hymen.
» Oh ! c'eft trop loin pouffer l'invraifemblance :
» Elle eft outrée ; &, fans autre examen.... » ——
C'eft fort bien fait, ô Lecteur mifanthrope !
Niez fans ceffe ; &, felon votre avis,
Il n'exifta jamais de *Penelope* ?
Vous rejettez *Philémon* & *Baucis* ?
Orphée ; *Alcefte* ? —— « Eh mais ! c'eft impayable !
» Comment ? Citer de vieilles fictions
» Pour faire croire un Conte invraifemblable !
» Tu l'entends fort, ami des vifions,
» Même inventeur, la tienne eft toute neuve.
» Il faut qu'on croie à des époux conftans,
» Dès que la fable en peut offrir la preuve.
» Oh ! pour le coup, fans débats je me rends » ! ——

Eh bien ! enfin, foyez donc incrédule
Sur tous les faits avancés jufqu'ici ;
Mais vous croirez que le mari d'*Urfule*,
A fa *Nicette*, (on appelloit ainfi,
Du Bijoutier la fervante naïve),
Jamais d'amour n'apprit les moindres jeux ;
Car fon *Urfule*, à l'occupér active,
Savoit fuffire à fes tranquilles feux.

Un jour d'Été, qui précédoit trois Fêtes,
Pour les paffer à leur maifon des champs,
Par nos époux diligences font faites,
Notez qu'à *Tours* prefque tous les Marchands
Sont poffeffeurs de Vigne, ou Métairie,
Et ce *Belleau*, par *Urfule* avoit eu,
Dans le canton, petite cloferie,
Près de *Vouvray*, vignoble de bon cru.
C'étoit-là donc que notre beau ménage,
Tout en chaffant, fe propofoit d'aller :
Il va partir ; mais avant le voyage,
A la fervante on défend d'étaler
Jufqu'au moment du retour de fes maîtres ;
De s'écarter d'un pas de la maifon,
Tenant toujours & portes & fenêtres
Aux gros verrous. On veut que cet oifon,
Crainte du feu fe couche fans lumiere :
Sur-tout, pour mieux éviter les malheurs,
Que fans parler, pas même à la Laitiere ;
Tous les paffans lui femblent des voleurs.

« Prends-y bien garde»!—Oui, Monfieur; oui, Madame.—
Et puis: — « Bon foir ». — Enfin , ils font partis.
Nicette dit : — « J'en ai la joie en l'ame.
» Ah ! me v'là donc maîtreffe du logis....
» Maîtreffe da! Que je vas ête heureufe!
» Boire & manger , trois jours fans travayer ,
» Et fans entende une femme grondeufe,
» Drès le matin criant pour m'éveyer ,
» Jufques t'au foir , fans le moindre relâche,
» De çà, de-là, me commander toujours.
» Et de filage eggifer une tâche ;
» Que je fis aife !.... Oui , mais après trois jours,
» Aguieu la joie! y revienront , fans doute ;
» Et fi leu veigne a coulé, par malheur,
» Y m'en cuira! D'avance je redoute
» L'horribe excès de leu mauvaife himeur....
» Je fis ben bête ! A peine y font en route
» Pour s'en aller, que je crains leu retour....
» Oh ! jouiffons : oublions qu'il en coûte
» Un mois d'ennui pour le plaifir d'un jour »!—

Nicette avoit la morale affez bonne:
Quand le bonheur fe jette à notre cou,
Pour calculer, celui qui l'abandonne
Se croit un fage; hélas! il eft bien fou!
Des maux futurs la trifte inquiétude
Deffeche l'ame, & ravit au préfent
Tout fon éclat. Que notre unique étude
Soit de jouir du plus petit inftant.

Le couple heureux dont nous chantons l'abfence,
Difpos & gai, s'approche avec la nuit
Du lieu chéri qui caufe fon aifance.
Qu'avec plaifir, en voyant ce réduit,
Hâtant fa marche, il fe preffe, il s'avance!
Le trait léger que lance un bras nerveux,
Seroit moins prompt à franchir la diftance
Qui refte encore au ménage amoureux.

Ici, peut-être, il eût fallu décrire
D'un vieux Château l'ennuyeufe beauté ;
Mais j'ai promis de ne rien ofer dire
Qui pût bleffer l'exacte vérité.
Avec grand foin je vais tenir parole :
On me verra fidèle hiftorien ,
N'ufant de faux, merveilleux, ni frivole,
Rendre les faits, & fans y changer rien.

Au pied d'un roc, qui des fureurs de l'ourfe
Sait garantir un fertile côteau,
Que voit Phébus du milieu de fa courfe,
Étoit le bien que poffédoit *Belleau*.
Trois quarts d'arpens d'une terre pierreufe,
Plantés de vigne & de quelques pruniers ;
Un autre quart où croit la tubéreufe,
L'œillet, la rofe, un ou deux albergiers (*a*).

(*a*) Sorte d'Abricotier - Pêcher, dont le fruit eft petit,
mais excellent.

Le chou, le coing, le *cardon*, la groseille,
Le céleri, l'asperge, l'artichaut,
Tout pêle-mêle, & quelque seps de treille,
Autour d'un banc, enlacés en berceau :
Voilà l'avoir de notre couple rare,
Et qui pourtant le rendoit riche assez ;
Mais, pour le croire, il étoit trop avare ;
Que de tels gens, Lecteur, vous connoissez !

Dans le roc même artistement creusée,
A triple étage on voyoit la maison :
Commode un peu, modérément percée ;
Saine pas trop : on en sent la raison.
Voilà le lieu, peu distant de la ville,
Où nos époux alloient tous les huit jours
En passer un, dans un loisir tranquille :
Ils trouvoient-là d'efficaces secours
Contre l'ennui d'un travail monotone,
Et parcouroient vingt fois leur cher avoir,
Pendant le temps que le fils de Latône,
Sortant du bain, parcourt son promenoir ;
Depuis, sur-tout, que des douze demeures
Il a choisi l'un & l'autre gémeau,
Jusqu'au moment où, pressé par les heures,
Il faut qu'il entre en l'humide verseau.

Le Bijoutier, & sa très-digne épouse,
N'alloient jamais l'un sans l'autre à leur champ,
Qu'ils fussent donc d'une humeur trop jalouse
Pour se quitter, ou qu'ils s'aimassent tant

Que le pouvoir ne leur fût pas facile,
Ce doit être un, pour notre ami Lecteur.
Le vrai, c'étoit qu'ils laissoient à la ville,
Comme on l'a dit, de crainte de malheur,
En leur maison *Nicette* renfermée :
Ils avoient fait, en cette occasion
Qui nous occupe, à leur accoutumée,
Et pris, de plus, mainte précaution,
Puisqu'ils devoient prolonger leur absence
Jusqu'à trois jours, & les voir s'écouler,
A leur campagne, en toute confiance.
Laissons-les-là. Revenons à parler
De la servante, encor bien étonnée
De se trouver maîtresse pour trois jours.
Dès le premier, toute la matinée,
On la consacre à chercher des atours.
Bien qu'elle soit en une solitude,
De la parure une femme jamais
Ne manquera de faire son étude :
Ses plus chers soins seront pour ses attraits.
C'est de son sexe un besoin d'habitude,
Un goût inné, qu'on peut nommer instinct ;
Chez la coquette, ainsi que chez la prude,
Des autres goûts il est toujours distinct :
Pour la dévote il a même des charmes ;
Et la Niaise y voit quelque plaisir.
Nicette alloit se mettre sous les armes,
En attendant conquêtes à venir.

    Il faisoit chaud ; & déja la toilette,

Qui

Qui, plus qu'aucune, à mon goût auroit plu,
Dès le matin par *Nicette* étoit faite ;
Simple jupon, d'un léger lin écru,
Trop court d'un quart, eût offert à la vue
Jambe jolie, & jusques au genou !
Point de fichu ; sa gorge, demi-nue,
M'auroit tenté de la voir jusqu'au bout.

C'étoit le temps où chaque jeune fille
Loge en secret l'insecte malfaisant,
Que rien ne fixe, & qui toujours sautille ;
Qu'on voit à peine, & que trop bien l'on sent. —
« Oh ! dit la nôtre, avant que je m'habille,
» Faisons la chasse à nos petits lutins :
» Y m'ont rongée, & tout le corps m'en grille » !
Alors *Nicette*, exerçant ses deux mains
Veut parcourir toute son étendue,
Mais vainement : le léger cotillon
Retient encor sa haîne suspendue,
Donnant retraite au malin escadron.
L'obstacle étoit dans la seule ceinture
Que de la jupe avoit fait le cordon ;
L'agile insecte y trouvoit place sûre,
A bien darder son cuisant aiguillon.
Nicette à beau plonger sa vue avide,
En écartant le linge par le haut ;
Foibles efforts ! Notre insecte perfide
Sait s'y soustraire & les mettre en défaut.
Eh bien ! *Nicette*, il faut vaincre l'obstacle ;

Oter la jupe & la chemise aussi....
Ah ! cher Lecteur ! quel ravissant spectacle !
Que là n'étois-je en un recoin tapi !
Et qu'autrement qu'en advint à *Nicette*,
Assurer puis, il en fut advenu ;
Quand tout à point, sortant de ma cachette....
Mais chut. Le temps n'est pas encor venu
De vous apprendre.... Il faut encor me taire,
Sur certain fait qu'ailleurs on vous dira.

 Nicette donc fait la plus vive guerre
A ces lutins, qu'un lutin engendra.
Grécourt nous dit, que ce fut la colere
De Cupidon, pour venger ses autels,
Où de trois jours l'encens ne fumoit guère ;
Tant de bon cœur ronfloient les immortels,
Sans doute après une de ces orgies,
Telle qu'en font nos modernes Comus,
Où, pour rimer, succédent aux bougies,
Les vifs regards du lumineux Phébus.
Quoi qu'il en soit, *Nicette* avec courage,
Des yeux, des mains, pourchassoit vivement
Cet escadron, qui sur elle a fait rage,
Le poursuivoit dans maint retranchement ;
Et pour cela, variant d'attitude,
Se contournoit assez diversement.
Soit le hasard, ou bien, soit l'habitude,
Forte en son sexe ; elle étoit justement
Devant la glace : or, ce miroir fidele,

Du haut en bas, à ſes yeux préſentoit
Ses charmes nuds ; charmes ignorés d'elle ;
Nicette encor de rien ne ſe doutoit,
Vivre étoit tout pour la jeune niaiſe ;
Elle avoit vu ſes globes s'arrondir
Sans y ſonger, ſans en être plus aiſe ;

. . . .

. . . .

. . . .

Elle ignoroit ce que c'étoit qu'un homme,
Quoique ce nom lui fit quelque plaiſir.
Mais ce jour-là, qu'elle étoit toute nue,
Et que la glace, en doublant ſes appas,
Lui permettoit d'en faire la revuë ;
Elle y prit goût, & ne s'en laſſa pas.
Il fallut voir en détail, & par ordre,
Chaque beauté qui s'offroit au regard.....
Je le répète, & n'en ſaurois démordre,
Qu'alors n'étois-je en ce lieu par haſard !....
On vint enſuite à tourner la médaille.
A ſon revers, *Nicette* de crier : ——
« Oh ! ben, ſi j'ai quelque choſe qui vaille,
» C'eſt ça varment que je vois en darnier !
» Oui, je le ſais : je ne fis pas jolie ;
» Mais j'ai *pas-moins* un joli petit.....
» Il eſt charmant ! je l'aime à la folie !
» D'où vient qu'encor je ne l'avois pas vu ?...
» Qu'il eſt ben fait ! que j'étois malheureuſe ?
» Ces choſes-là ſont bonnes t'à ſavoir :

» C'eſt ête auſſi par trop peu curieuſe
» Qu'avoir reſté juſqu'ici ſans le voir »! —
Nicette enfin, de cette découverte,
Et s'applaudit & tire vanité :
Elle en médite, & puis elle en diſſerte :
L'objet, la glace.... eh bien ! tout fut fêté,
Tout fut revu, non pas deux fois, mais quatre ;
Et plus encor, ce mot fut repété : —
« Il eſt charmant »! — On n'en put rien rabattre : —
« Il faut le voir »! — Ce point fut arrêté.

Mais pour ce jour, il fallut faire trève
Au doux plaiſir qu'on ſent à ſe mirer :
On ſe r'habille, & notre nouvelle *Eve*
Ceſſe de voir, ſans ceſſer d'admirer.
Ce grain d'encens, qu'elle a brûlé pour elle,
L'enivre aſſez pour la faire ſonger
A ſe montrer. Dans la tête femelle,
La vanité fait braver tout danger.
Nicette veut, malgré toute défenſe,
Sortir un peu, promener ſes appas ;
Qu'on les ſoupçonne, elle a quelqu'eſpérance.
Le ſexe ainſi ne ſe flatte-t-il pas ?
Même ſouvent, ſans la moindre apparence,
Nous avons vu des femmes s'applaudir
D'avoir enfin vaincu l'indifférence
De gens que rien n'en faiſoit convenir.
Elle va donc ſe montrer dans la ville,
Au mail, aux quais, aux promenoirs divers

Dont *Tours* abonde, & qu'il eſt difficile
De voir ailleurs plus beaux & mieux couverts.
Le mail ſur-tout, où, de quatre rangs d'ormes,
Qu'ont reſpectés deux ou trois cens hivers,
L'ombrage épais attire aux plates-formes
Qu'ornent des fleurs, des gazons toujours verds.
C'eſt en ce lieu que l'on voit raſſemblée
Des *Tourangeaux*, l'élite, chaque ſoir :
C'eſt en ce lieu que *Nicette* eſt allée
Pour voir le monde, & pour s'en faire voir.
Hier encore elle étoit ſi novice,
Qu'elle ignoroit le monde & ſes attraits ;
Mais aujourd'hui, dès le premier indice
Qu'elle reçoit de ſes charmes ſecrets,
Elle en conclut qu'on doit s'occuper d'elle ;
Qu'on la verra. C'eſt ainſi que toujours
A raiſonné, même ſans être belle,
Toute fillette au printemps de ſes jours ;
Et quelquefois cette erreur ſe prolonge,
Grace à nos ſoins, nos adulations,
Bien par de-là le terme du beau ſonge
De la jeuneſſe & des illuſions.

Mais cependant, notre jeune orgueilleuſe
Se vit forcée à borner ce jour-là,
Non ſans regret, ſa courſe ambitieuſe ;
La nuit ſurvint : chacun ſe retira.
Le jour ſuivant, nouvelle promenade,
Tentée encore, auſſi peu profita ;

Nicette n'eut pas une seule œdillade :
Nul ne la vit, nul ne la devina.
Le jour dernier de ces trois jours de grace,
Mêmes defirs eurent même fuccès.
De defirer, jamais on ne fe laffe ;
Efpoir chaffé revient fur nouveaux frais :
Jufques au bout on veut courir la chance.
Nicette vit s'envoler fon bonheur,
Le dernier foir, avec fon efpérance.
Le lendemain ramena le labeur ;
Et de leurs champs, les maîtres de *Nicette*,
Dès le matin revinrent à grands pas.
Rentrés à peine on lui fit mainte enquête.
Ce qu'elle a vu, ce qu'elle ne vit pas ;
Ce qu'elle fait, comme ce qu'elle ignore,
Eft demandé, par l'un & l'autre époux,
Tout à la fois ; & d'encore en encore,
On la careffe, & l'on eft en courroux.
Ainfi l'on voit, au temps des giboulées,
Briller Phébus, tandis qu'un ouragan,
Verfe & la pluie, & la grêle mêlées,
Et qu'il détruit l'efpérance d'un an.

Mais quel orage, ô ma chere *Nicette* !
Bien plus durable, & cent fois plus affreux,
En un moment va fondre fur ta tête !
Que deviendra ton defir orgueilleux
De plaire un peu, quand tu vas être en butte
Aux noirs foupçons du plus vil des forfaits ?

Pauvre petite ! ô quelle triste chûte
De ce triomphe, où tes appas secrets
T'avoient, n'aguère, en secret élevée !
Que je te plains ! Que n'étois-je en ces lieux,
Pour éclaircir.... Mais l'heure est arrivée ;
J'entends *Belleau* s'écrier, furieux : —
« Je suis volé !.... Qui le croiroit ? L'infâme !
» Avec quel art sa fausse ingénuité
» Nous recevoit ! Elle écoutoit ma femme
» Sans s'émouvoir, & sa tranquillité
» M'eût délivré de ma crainte ordinaire.....
» Réponds, perfide ! As-tu cru qu'on portât
» Sur aucun autre un doute imaginaire ?
» Pourrois-tu bien nier cet attentat,
» Quand tout t'accuse, & contre toi dépose ?
» Tous mes bijoux, que sont-ils devenus » ? —

Nicette pleure, & ne sait autre chose
Que ces seuls mots : — « Je ne les ai point vus !
» J'ignore encor ce que vous voulez dire :
» Je n'ai rien pris ». — *Ursule*, en ce moment,
Reste muette, avec peine respire,
Chancele, tombe, & perd le sentiment.
Comment peindrai-je ici l'état perplexe
De son époux, vraiment au désespoir,
Qui sait si bien quels dangers court le sexe,
Quand de parler il n'a plus le pouvoir ?
Belleau voudroit secourir sa chere ame ;
Mais de *Nicette* il craint l'évasion.

Lui faudra-t-il abandonner sa femme,
Ou, s'il suspend l'interrogation,
Ne peut-il pas perdre toute espérance
De découvrir où sont ses chers bijoux?....
Mais Dame *Ursule* a repris connoissance,
Et d'embarras délivré son époux.
Or, de nouveau la scène recommence:
On veut savoir comment on fut volé;
On examine, on crie à toute outrance.
Aucun indice encor n'a révellé
Que ce pût être à l'insçu de *Nicette*;
Point de désordre, & nulle effraction:
Tout est contre elle, & la loi la suspecte:
On obtiendra sa condamnation.
L'on crut, du moins, la chose très-possible;
Et l'espérer, & l'aller requérir,
Furent enfin, pour ce couple inflexible,
Dans ces momens, un moment de plaisir.

Te voilà donc, fille trop malheureuse,
En proie aux pleurs, aux dévorans chagrins!
Avec éclat, suite ignomineuse,
Traînée au fond de ces noirs souterrains,
Que la vengeance a réservés au crime,
Et qui par fois engloutissent, hélas!
De mainte erreur l'innocente victime!
O quels revers l'on éprouve ici-bas!
Quels changemens un jour sur nous apporte!
Hier encore, en quittant le logis,

Préoccupée, eh! de quelle autre forte!
Tes yeux, ton cœur, alors étoient remplis!...

   Tout auffi‑tôt, de cette infortunée,
On veut inftruire & juger le procès.
Elle n'étoit encor que foupçonnée.
Sur des foupçons rendroit‑on des arrêts?....
Hélas! fouvent de trop foibles indices
Ont fait porter des fentences de mort;
Et de nos jours, par de cruels fupplices,
On immola le plus foible au plus fort!
D'un crime atroce aifément on accufe
L'être qu'on vit jufques‑là plein d'honneur:
Pour fa défenfe il faut qu'on le récufe;
Donnons‑lui donc un autre défenfeur,
Qui, fans parti, du fuccès refponfable,
Doute du crime, & le prouve à la fois,
Par les efforts qu'en faveur du coupable
Il aura fait pour le fouftraire aux loix.
Tel eft le vœu des vrais Jurifconfultes,
Et c'eft celui de tout vrai citoyen.
Des Tribunaux le droit eft d'être juftes:
Que peut la Loi fans la Juftice?..... Rien.

   Nicette fut long‑temps interrogée;
Mais, foutenant fa dénégation,
Sans nul témoin ne put être jugée:
On prolongea de fa détention
Le terme encore, en attente de preuve,
Jufques à l'an tout‑à‑fait révolu;

Et lorfqu'on vit que d'auffi longue épreuve
D'affez certain rien n'étoit obtenu,
Il fut enjoint à notre Lapidaire
De réparer, autant qu'il le pourroit,
Le tort par lui fait à fa chambrière;
Même ordonné que d'elle il répondroit
A l'avenir. Il la reprit fur l'heure;
Et cette enfant, depuis ces triftes jours,
Comme on faura, vit fixer fa demeure
Chez ces Marchands, qui l'aimerent toujours,
Et qui, dès-lors, à force de careffes,
Eurent l'efpoir de la dédommager
D'un an de pleurs, de honte, de détreffes,
Et de l'effroi du plus affreux danger.
Tout s'oublia: *Nicette* étoit fi bonne!
Et c'eft ainfi, dans nos diffentions,
Prefque toujours que l'offenfé pardonne.
Les malheureux ont peu de paffions.
Exceptez-en certaine gloriole
Qu'en jeune fille il faut bien tolérer;
La nôtre avoit une humeur affez drôle,
Et qu'aifément l'on ne peut altérer.
Elle reprit bientôt fes foins d'ufage,
Que la maîtreffe avoit eu l'an dernier:
Servante encor, de ville, ou de village,
Tout cet an-là ne la vit s'y fier.

Nicette étant un matin en emplette,

Sur une Place où l'on voit, certains jours,
Du commestible une suite complette,
De chaque prix examinoit le cours,
Et choisissoit dans la moindre partie,
Quand de tout près, & d'un homme inconnu,
Partent ces mots : —— « Je ne suis pas jolie,
» Mais j'ai, *pas-moins*, un joli petit..... » ——
Nicette écoute, & reste confondue :
Par ces mots-là tous ses sens sont frappés.
Le premier jour que *Nicette* s'est vue,
Ce sont ces mots à sa bouche échappés ;
Et depuis lors, sa vanité légere
A haute voix ne répéta ces mots :
Comment cet homme !.... Un rayon de lumiere
Vint éclairer ma *Nicette* à propos.
Du babillard elle comprit sans peine,
Et le manege & le vol clandestin ;
Mais le voyant s'enfuir à perdre haleine,
Elle cria : —— « Qu'on l'arrête ! ». —— Et soudain,
A l'un des bouts de cette même Place,
Par quelques gens cet homme fut barré :
En retournant, d'un gros de populace,
Il fut bientôt fortement entouré :
On l'arrêta sur la foi de *Nicette*,
Et chez le Juge on les mena tous deux.
Le Magistrat obtint preuve complette,
Quand notre fille eut fait certains aveux,

D'avoir trois jours, bravant toute défenſe,
Abandonné quelque temps la maiſon;
De s'être enfin vue, avec complaiſance,
Dans un miroir, ſans corſet, ſans juppon.
Le détenu confirma tout ſur l'heure;
Et dans les fers ſans retour ſe voyant,
Il déclara le lieu de ſa demeure
Qui recéloit les effets du Marchand.
Figurez-vous quelle exceſſive joie
Eut ce dernier, ainſi que ſa moitié!
Dans les tranſports que chacun d'eux déploie,
A leur *Nicette* ils jurent amitié,
Tendreſſe, eſtime, & ſur-tout gratitude!
Rien ne pourroit exprimer déſormais
Leur embarras & leur inquiétude,
Pour reconnoître & payer ſes bienfaits!

Mais il leur vient une aſſez bonne idée;
Et l'avarice en dût-elle frémir,
Par eux la choſe, à l'inſtant décidée,
Preſqu'auſſi-tôt va ſe voir accomplir.
Ce fils unique, & dont la deſtinée
Importe tant au bonheur de tous deux,
Ce fils, l'eſpoir d'un brillant hyménée,
Ce fils, enfin, eſt le prix généreux
Que l'on choiſit, & dont on récompenſe,
Et les malheurs, les alarmes, l'ennui

Et les travaux, le zèle, l'innocence;
Il vint: on vit *Nicette* unie à lui.

« L'on ne sauroit manquer sa destinée!
» Ce point est sûr; si l'on croit les récits
» Que nous a fait votre prose rimée ». ——

On peut répondre à ces foibles esprits,
Vous accordez au sort une puissance
Qu'ont seulement vos folles passions;
Ne dormez pas sur cette confiance;
Rien n'est certain que vos illusions.
Jugez comment ce vicieux coupable
Se conduisit dans tous ses premiers plans!
De quels succès l'homme seroit capable,
S'il conservoit l'empire de ses sens!
Mais, subjugué par leurs vaines délices,
Il ne peut plus en braver les attraits:
On le verra marchant aux précipices,
En dédaignant ses plus chers intérêts.

Tel fut toujours, & tel doit être encore
Le genre-humain. Semblable aux papillons,
L'éclat lui plaît, l'éblouit, le dévore,
Et n'en séduit pas moins ses compagnons!

Mais ces mots-là ramènent à *Nicette*:
Comme tout autre elle eut sa *Vanité*,
Chercha l'éclat, perdit un peu la tête;
Et cependant, voyez l'utilité

Qu'elle trouva dans cette gloriole!
Ainfi , chez nous , l'on peut donc corriger
Telle folie , avec autre auffi folle ?
Et la raifon ne faura rien changer.